KB130359

사랑으로 핀 꽃

초판 1쇄 발행 2020년 3월 3일

지은이 박필령 · **발행인** 권선복 · **편집** 오동희 · **디자인** 김소영 · **전자책** 서보미
마케팅 권보송 · **발행처** 도서출판 행복에너지 · **출판등록** 제315-2011-000035호
주소 (157-010) 서울특별시 강서구 화곡로 232 · **전화** 0505-613-6133 · **팩스** 0303-0799-1560 ·
홈페이지 www.happybook.or.kr · **이메일** ksbdata@daum.net

값 15,000원

ISBN 979-11-5602-789-8   (03810)
Copyright ⓒ 박필령, 2020

도서출판 행복에너지는 독자 여러분의 아이디어와 원고 투고를 기다립니다. 책으로 만들기
를 원하는 콘텐츠가 있으신 분은 이메일이나 홈페이지를 통해 간단한 기획서와 기획의도,
연락처 등을 보내주십시오. 행복에너지의 문은 언제나 활짝 열려 있습니다.

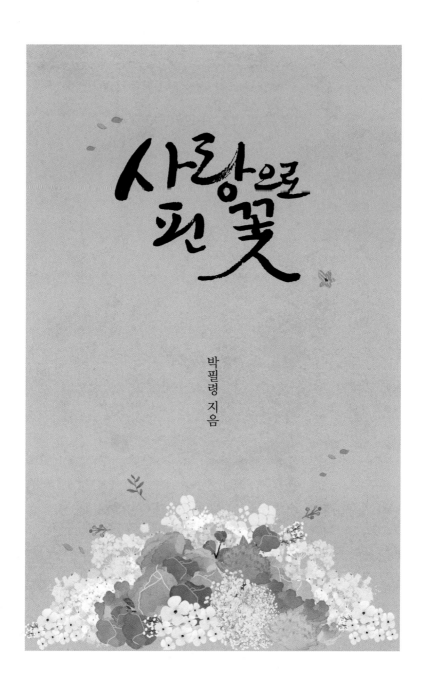

사랑으로 핀 꽃

박필령 지음

도서
출판 행복에너지

– 한울 문학 178기 신인문학상 수상 –

　뜨거웠던 여름도 서늘한 바람에 실려 가고 억
새들이 햇살을 만나 눈부시게 피어나는 가을입
니다. 하늘에 흰 구름이 흘러가듯이 우리의 시간
들도 흐르고 흘러 소녀적 꿈이 코스모스 꽃밭으
로 이루어졌습니다.

　나에게 유방암이라는 불청객이 찾아와 내 인
생을 소용돌이 속으로 몰고 가기 전까지만 해도
나는 윤동주의 「서시」를 암송하면서 꿈꾸었던 간
호사의 삶을 한 평생 보람으로 행복하게 살아왔
습니다.

10여 년 전 내가 환자가 되어 투병하던 고통의 시간들 속에서 이겨 낼 수 있었던 힘은 가족들과 이웃들의 사랑 때문이었습니다.

　많은 분들의 기도와 사랑 속에서 많은 것을 내려놓고 비우며 삶을 정리정돈하는 시간을 가졌습니다. 평범하게 보아 왔던 모든 것은 나에게 기적을 체험하는 순간들이었습니다.

　작은 사물 하나도 그냥 되어지는 것이 없음을 깨달으면서 주어지는 모든 것에 사랑의 맘이 담기고, 숨 쉬고 사는 것, 걸을 수 있는 것, 느낄 수 있고 사랑할 시간이 있어서 행복했습니다. 나에게 주어진 것들이 잃어버린 것보다 더 많음을 알아차리게 되고 소중한 것들이 보이기 시작하였고 작은 것에도 하물며 고통까지도 행복이 담겨 있음을 깨달았습니다.

　나에게 주어지는 순간들을 놓칠 수 없어 모든 감정들을 글로 풀어냈습니다. 늘 가까이서 손잡아 주고 함께 비 맞아 준 신랑에게 감사하는 마음과 사랑하는 마음들을 들려주고 싶었습니다. 살아 있음에 벅찬 마음들을 글로 풀어내고 싶었습니다.

　아픔 속에 있는 분들을 위로하는 시가 되기를 바라는 희망을 늘 가슴속에 꿈꾸며 키워 나갈 것입니다. 끝으로 격려해 주시고 이끌어 주신 서정태 총재님과 심사위원님들께도 감사드립니다.
　한울 문학과 함께할 수 있음에 이 순간에도 감사드립니다.

- 박필령

작은 풀꽃에서
우주를 찾는 예리함

심사위원 - 조미애, 정연수, 서정태

작은 것들을 바라보면서 큰 행복을 찾을 수 있다는 것은 참으로 대단한 능력이 아닐 수 없다.

시인은 작은 것을 그냥 지나치지 않고 한 편의 시로서 승화할 수 있기에 위대한 존재다. 결코 작은 것이지 아니한 것들이기에 더욱 큰 의미를 찾을 수 있는 작품을 만날 수 있어 좋은 시간이었다. (한울 문학) 신인 문학상에 응모한 박필령 씨의 작품 중에서 공짜 행복, 사랑 문, 작은 꽃(풀꽃)을 천거한다. 모든 작품에서 행복은 정말 공짜로 우리의 삶에 있는 것임을 깨닫게 해 주고 있으며 사랑으로 가득한 일상이 엿보인다. 작은 풀꽃에서 우주를 찾는 눈길 또한 예리하다. 더 좋은 작품으로 독자와 소통하시고 대성하는 시인으로 남길 바란다.

나는 어릴 적부터 바다를 보며 꿈을 키워 왔다. 아버지의 고향 통영과 어머니의 고향 삼천포를 끼고 있는 한려수도의 여수에서 자라면서 내 마음은 늘 바다의 아름다움을 그리고 싶었고 노래하고 싶었고 시를 쓰고 싶었다.

윤동주 시인의 「서시」는 − 중략 "죽어 가는 모든 것을 사랑해야지 그리고 나의 길을 가야겠다" − 간호사를 천직으로 여기고 보람되게 살아 온 나의 가치관이 되었는지도 모르겠다.

인생 50대에 나는 중병을 앓았고 간호사가 아닌 환

자로서 투병생활을 하면서 비로소 나로서 살게 되었다. 모든 것을 해 줄 수 있는 내가 아닌 아무 것도 내 힘으로 안 된다는 것을 아는 나약한 나를 알게 되었다.

고통은 사랑하는 사람들의 숨겨진 마음을 확인하는 마술 거울 같았다. 나는 그 고통을 통해 사랑받기 위해 태어난 사람이 되었다. 그 받은 사랑을 내 도움이 필요한 누군가를 위해 다시 베풀며 사랑하는 사람으로 거듭나기를 소망하였다.

제일 먼저 나를 위해 손과 발이 되어 주고 헌신적 사랑으로 함께해 준 배우자를 위해 감사의 맘을 전하고 싶었다.

나에게 주어지는 일상이 모두 감사임을 알았을 때 지인들의 소개로 시를 습작하게 되었다. 그냥 내 일상의 감사한 마음들을 주워 모아 시를 습작하면서 가슴 뛰는 삶을 열었다.

어린 시절 잠재워 두었던 나의 감성들이 가슴을 뜨겁게 하고 새로운 무지개가 뜨면서 가슴 뛰는 희망을 꿈꾸게 되었다. 늘 관심 없이 스쳤던 작은 풀꽃도, 의

미 없이 들었던 새 소리도, 창밖을 두드리는 빗소리도 나를 행해 말을 건네고 있음에 눈을 뜨게 되었다. 감사와 사랑으로 행복의 길을 열어 가게 된 것이다.

나를 위한 시가 너를 위한 시가 되고 이 행복을 나누는 것이 이웃에게 빚을 갚는 일이 되겠구나 하는 마음이 되었다.

늘 산속을 헤매고 다닐 때 나를 향해 손짓하고 말을 건네주었던 친구들은 자연뿐만이 아니었다. 시를 통해 많은 친구들이 생겼다. 나는 용기를 내었고 나를 위해 기도해 준 모든 이에게 선물로 이 시집을 드리고 싶어졌다. 우리가 함께 손잡고 가는 이 길이 꽃길이 되기를 소망한다.

끝으로 나는 많은 이들에게 감사를 올린다. 바쁜 일정 중에서도 흔쾌히 추천서를 써 주신 분들을 통하여 내가 얼마나 사랑받고 인정받고 살아왔는지 마음 다하여 감사드리게 되었다. 그리고 이 책이 나오도록 물질적 심적으로 힘이 되어 준 두 아들과 며느리에게 사랑을 전하고 싶다.

마지막으로 늘 내 편이고 지지자이고 친구이고 애인

이고 남편이고 늘 손과 발이 되어 주며 배우자 우선의
가치관을 살아가는 순수하고 열정적인 남자로 이 시집
을 세상에 나오게 해 준 배우자 김원수 마르띠노께 감
사와 존경과 사랑을 바친다.

 시인의 길을 열어 준 윤보영 시인님과 시낭송가 이
수옥 교수님께 존경을 드리며 6년 전 우리 부부 에세
이집『내 인생의 터닝포인트』를 출판해 주시고 응원해
주시며 이번 시집을 출판해 주신 행복에너지 권선복
대표님께 감사드린다.

 사랑해 주심에 감사합니다.

2020. 입춘 날 사랑시인

- 박필령

추 · 천 · 사

윤보영(시인)

박필령 시인의 시는 사랑이다.

일상에 대한 사랑 가족에 대한 사랑 그리고 자기 자
신에 대한 사랑 이 사랑이 시를 만나 시를 읽는 독자에
게 감동을 선물한다.

아름다운 생각을 하면 일상이 행복해집니다.

박필령 시인은 그 행복을 시 속에 담아 독자들과 나
누기 위해 시집을 발간했습니다.

시를 읽으면서 제가 먼저 행복을 맛보았습니다.

매만지고 보듬고 달래주고 그저 생각만으로도 따스해지는 사람이 있습니다.

나누어 주고 쪼개 주고 건네 주고 그저 아낌없이 챙겨 주는 정스러운 사람이 있습니다.

눈빛이 선한 사람 웃음이 고운 사람 몸짓이 가지런한 사람 그런 사람을 만났습니다.

감성의 물꼬가 이어져서 그 어느 날 천년에나 한 번 찾아온다는 그 인연으로 우리가 만났습니다.

시 쓰기를 시작으로 시낭송에 이르기까지 오랜 시간 같이하면서 더없이 귀한 사람임을 알게 합니다.

할 줄 아는 것이 많은 사람 했다 하면 제대로 하는 사람 품고 아우를 줄 아는 지혜로운 사람.

그런 사람의 마음을 보여 주는 시집이 나온다 했을 때 이제는 감성 나눔도 하심에 반가웠습니다.

사랑이 꽃으로 피어나고 그 꽃이 향기로 서로를 물들일 때 우리 모두는 선한 세상으로 한 걸음 더 나서는 것이 아닐까요.

그 선함에 물들여질 시집 출간을 설렘으로 기다리며 첫 장을 펼치는 그 감동을 미리 생각해 봅니다.

시집 출간을 축하드립니다.

송광섭(가톨릭 서울대교구 원로사목자,
삼성산성령수녀회 창설 신부)

동인문집 등에서 꾸준한 시작 활동을 보이던 박필령 안젤라 자매가 독자적인 시집을 낸다는 소식에 놀라움보다는 고마움이 앞서는 것은 평소 그녀가 풍기는 선한 기운이 시집을 타고 더욱 너르게 퍼져 나가길 기대하기 때문이다.

그녀의 시가 사랑, 감사, 칭찬 같은 착한 주제를 벗어나지 않는 것은 너무나도 당연하다. 일상으로 선을 실천하는 늘 밝은 표정의 그녀를 시집으로 곁에 둘 수 있게 되어 기쁜 마음 금할 수 없다.

이재을(천주교 서울대교구 빈첸시오 지도신부,
서울대교구 양업문화교육원 지도신부)

일상에서, 현장에서, 아름다움과 선함을 바라봅니다. 바라봄을 사랑과 평화로 이끌어 갑니다.

순수함과 단순함으로 알찬 앎. 그 지식을 새롭게 합니다. 사람들이 위로와 격려를 받고, 희망을 담아 갑니다.

"나의 사랑, 내 어여쁜 자야, 일어나서 함께 가자. 겨울도 지나고 비도 그쳤고 지면에는 꽃이 피고 새가 노래할 때가 이르렀는데 비둘기의 소리가 우리 땅에 들리는구나."(아가서2:10~12)

겨울의 참기 힘든 추위를 견디며 창문가에 호호 입김을 불어 봐야 봄바람이 그리워지고, 봄의 향기가 더욱 살 속 깊이까지 배어드는 것을 감사로 느낄 수 있듯.

18살에 만난 베프(BF) 안젤라 필령이. 저녁 해가 지구 저 너머로 이사를 갈 때 옆구리가 시리고 허한 마음 채울 길 없어 창문 너머로 소리쳐 외로움을 고스란히 산기슭에 내동댕이치고플 때, 항상 그곳에서 변함없는 모습으로 반겨 주는 친구. 이런 벗이 있어 심연, 아픈 그곳이 조금은 시리지 않았습니다.

육체의 고난을 사랑이라는 배터리로 두 분이 넉넉히 이겨 내시고, 매일을 열정 이상의 희망과 주님의 사랑으로 품어 내시는 그 삶을 우러러 존경하고 감사합니다. 매일을 주님과 호흡하며 성령님의 함께하심을 아름다운 글로 풀어 열매 맺게 하심에 큰 박수를 드립니다. 한 줄 한 줄 써 내린 글들이 흐르는 눈물 주체 없는 누군가에게 큰 위로가 될 줄 믿습니다. 정말 축하합니다.

오래전 30여 년 전 신혼 동기로 만나 그녀와 함께한 시간은 짧고도 굵었습니다.

우린 아이들과 늘 함께했는데 그림을 그리고 책을 읽고 도시락을 싸들고 숲 길을 걸으며 개미집을 찾고 집앞 바닷가를 거닐며 수많은 이야기를 나눴습니다. 매일 꼭 같은 날이지만 우리에게 같은 날은 하루도 없었습니다.

그녀는 쪽진 시어머니와 시아버지를 모시고 살아도 늘 신선하고 지혜로웠습니다. 평범한 주부의 일상 중에도 눈살을 찌푸리거나 시어머니를 비난하는 뒷담을 들은 적이 없었고 늘 비범한 실천을 하며 가족에게나 이웃에게나 친구에게나 꿀단지처럼 단내가 나는 여자였습니다.

세상이 녹녹치 않던 젊은 새댁의 모진 아픔의 생채기도 그녀와 나누면 수월해졌습니다. 칙칙하고 어려운 일도 밝고 화사하게 만들어 놓는 기질이 있었습니다. 그래서 난 늘 그녀가 그냥 좋았습니다.

그녀는 신께 받은 많은 것들을 아낌없이 조립하고

나누고 버무립니다. 그중에 하나로 이번에 고통을 이기고 감사의 삶을 살면서 틈틈히 썼던 시를 나누고자 세상에 내놓게 되었습니다.

그녀의 시는 놀랍게도 내가, 아니 우리 모두가 표현하고 싶었던 딱 그 언어들로 우리 모두가 그렇게 표현하고 싶었던 글들을 우리 마음을 대신해서 쓴 것 같이 더 정겹고 공감이 갑니다.

그녀의 감성 시는 우리를 행복하게 합니다.

내 친구의 행보는 더 큰 세상으로 나아가는 것이고 많은 이와 더 어울리고 나누면서 질병으로 힘든 이에게 위로가 될 것입니다.

놀랍지만 놀라울 것 없는 전진적인 사고가 그녀를 더 넓고 크고 깊게 만든 것입니다.

아직도 보여 준 적 없는 달란트들을 우리가 보게 되더라도 그녀라면 가능한 일일 것입니다. 그녀 때문에 우리도 꿈을 꿀 수 있는 희망과 기쁨이 생기니까요.

부산에서 널 아끼고 사랑하는 친구가.

강명희(기자, 중앙경제 신문 논설위원)

인생을 살아가면서 생각만 해도 기분이 좋아지는 사람이 주위에 있다는 사실 하나만으로도 필자는 마냥 행복하다.

언제나 잔잔한 미소를 머금고 있는 현명하고 지혜로운 박필령 시인!(안젤라) 나는 그녀를 보게 되는 날이 오면 저절로 콧노래가 나온다.

내게 있어 그녀는, 나의 신앙심의 멘토이자 천주교 교리문답의 선생님이시다. 그녀의 가정은 주님의 가호와 은총으로 이루어진 성가정이며, 모든 기혼여성들이 꿈꾸며 소망하는 스위트룸이다.

필자는 뻗어 가는 그녀의 평안한 가정을 지켜보면서 대리만족을 느끼고 엔돌핀을 보급받으며 살아왔다고 해도 과언이 아니다. 이 세상 모든 집안들이 이들 잉꼬부부네처럼 부부가 서로 존중하면서, 사랑하고 배려하면서 살아간다면 이혼이란 단어는 유명무실한 단어가 돼 버릴 것이다.

필자가 그녀를 알게된 것은 그녀의 남편에게 인터뷰를 요청한 덕분이었다.

아내 바라기, 자식 바보인 김원수 지점장님!

남존여비 관념에서 살아온 필자로서는 대한민국에도 이런 남편이 존재한다는 사실에 관심과 흥미를 갖게 될 수밖에 없어 박필령 시인의 부군인 외환은행 김원수 지점장님에게 인터뷰를 요청하게 되었다.

13년 전 그녀를 처음 대면한 곳은 서울대학병원 암병동에서였다. 유방암 4기로 죽음과 사투를 벌이고 있던 시절에 만난 그녀! 청천벽력과 같은 사태에 직면해서 당황해 하는 팔불출 남편 김원수(마르띠노) 지점장님이 너무도 딱하고, 안쓰럽게 느껴져서 용기를 주기 위해『암과 친구가 되라!』는 책 한 권과 꽃바구니를 들고서 그녀가 항암치료를 받고 있는 서울대학 병원으로 병문안을 갔었다.

필자가 살아왔던 가정과 삶과는 판이하게 달랐던, 아내 사랑과 자식 사랑이 도가 지나친 그들 잉꼬부부를 지켜봤던 필자로서는, 이제는 박필령 시인이 문단에 데뷔, 시인이 되어 건강한 몸으로 간간히 습작했던 작품들을 모아 시집을 출간한다며 추천사를 부탁해 옴에 감개무량하다.

필자는 그녀가 남편과 함께 공저로 출간한『내 인생의 터닝 포인트』책을 읽다 보니, 그녀가 글쓰는 재능을 가지고 있음을 파악하게 되었다.

곧이어 '진흙 속에 파묻힌 진주'를 캐내어 세상 사람들에게 보이고 싶다는 생각을 하게 되었다. 만날 때마다 격려를 해 주면서 시인이 될 수 있는 길을 안내해 주었다. 제2의 인생은 '시인'으로 살아가라고.

그녀는 잘 따라와 주었으며, 결국엔 시인으로 등단하기도 전에 안양시에서 주최하는 공모전에 입상을 하여 그녀의 잠재되었던 글쓰기 재능과 실력을 유감없이 발휘했다.

사람과 사람과의 인연은 하늘에서 정해 주는 것! 그 인연을 영구히 지속시키며 살아가는 것은 당사자들의 몫임을 필자는 이들 잉꼬부부를 지켜보며 알게 되었다. 바쁜 나날이지만 주님의 종으로서 박필령 시인은 어려운 이웃들에게 따뜻한 점심을 지어서 대접할 줄도 아는 마음 따뜻한 심성을 가진 착한 시인이다.

이런 멋진 잉꼬부부와 인연을 맺게 해 주신 주님께 감사하며, 앞으로도 더욱더 많은 시를 집필하여, 독자들에게 사랑과 행복을 나누어 주길 기대하련다.

항상 주님의 가호 속에서 잉꼬부부네 가정이 자손들과 더불어 대대손손 건강하고 행복하게 살아가시기를 기도하면서 첫 시집 출간을 축하드립니다.

30여 년 전 박필령 시인의 집에 초대받아서 간 기억이 떠오릅니다. 집 안 어느 장소에서나 직접 쓴 붓글씨로 삶의 교훈이 되는 내용의 글을 볼 수 있었습니다.

오랜 세월 동안 시인에게서 느껴 온 것은 바로 진정성 있는 삶을 실천하는 모습입니다.

많은 시인들이 미적 언어 구사로 일상을 넘어서는 별 세계를 노래하는 듯한 표현을 가진 것에 반해 시인의 시는 생에 대한 감사와 기도, 진지한 성찰의 시입니다.

시인 또한 마음 속 번뇌, 고통, 삶에 대한 애착들이 무수한 주름으로 가슴 한 켠에 남았을 것인데도 그러한 마음을 토설하지 않고 일상을 감사와 사랑의 언어로 표현하였습니다.

그것은 진정한 나 자신을 내려놓고 자의식에 사로잡히지 않는 오래 깨달음과 그렇게 살아온 삶의 결과입니다.

'정이란 그저 좋아서 주고, 그냥 좋아서 받고, 그 길에 인연의 고리가 생기고 사랑이 됩니다. 그 사랑이 바로 당신입니다'라는 시인의 시에서 참 맑고 코끝이

찡해지는 티 없이 맑은 마음을 느낍니다.

시인의 모든 시가 쉽고 아름다운 감동으로 다가오는 것은 바로 삶의 실천을 진솔하게 표현했기 때문일 것입니다.

비 한 방울, 스쳐가는 인연들, 작은 들꽃 하나에도 소중함과 아름다움을 느끼는 시인의 시 세계에서 매 순간 희망과 위로를 받습니다.

또한 살아 있음의 소중함을 느끼게 해 준 것에 감사하며 더 큰 세계로 나아가기를 기대해 봅니다.

언제나 한결같이 웃음을 가득 안고 행복을 전파하는 박필령 안젤라님은 약 20년 전 인천중앙병원에서 한방 간호 과장으로 근무하고 계실 때부터 알게 되었습니다.

항상 환자들에게 친절하고 직원들에게 엄마처럼 대하시며 양한방의 조율을 훌륭하게 수행하셨습니다.

그 와중에 남편의 중병을 깊은 신앙심으로 이겨내시고, 또한 본인의 큰병이 발병했을 때에도 모든 삶의 습관, 철학, 섭식, 생활, 심지어는 삼성산 근처로 이사까지 하면서 치료에 전념을 다해 4기의 유방암을 이겨내신 분입니다.

주치의로서 저도 시행하기 어려운 결단과 섭식, 운동, 봉사활동, 가족과 주위분들과의 화목, 무엇보다도 하느님께 의지하고 매달리는 신앙심에 최고의 존경심을 보냅니다.

평소 지혜로우심은 알았지만 막상 실천하기는 어려운 일도 가족의 적극적인 도움을 이끌어 내고, 심금을 울리는 시까지 쓰시어 이렇게 책까지 내심에 정말 축하드립니다.

아침마다 보내 주시는 따뜻한 시로 하루를 흐뭇하게

시작하고 반성하며 하느님의 사랑과 은혜로움을 느끼게 하시는 선함으로 병자에게는 위로와 희망을 품게 하여 더욱더 하느님의 위대하심과 사랑을 느끼게 하는 선교사로의 역할을 하늘에서는 기쁘게 여기시고 춤출 것입니다.

다시 한번 축하드립니다.

박진희(가천의대 교수, 혈액종양내과장, 전문의, 박사)

누구나 살아가면서 예고 없는 인생의 한파를 맞이하게 됩니다. 이를 가족과 하느님의 사랑으로 극복하고, 아픔을 아름답게 승화시킨 시인의 일상이 이 시집에 담겼습니다.

인생의 혹독한 한파 앞에서 당황하고 있는 분들 그 어려움을 이겨 내고자 지혜를 내어 애쓰고 계신 분들, 이제 따스한 봄, 햇빛 찬란한 여름을 맞이하신 모든 분들께 따사로운 위로의 언어로 포근한 사랑의 언어로 시인의 마음이 다가가리라 믿습니다.

최웅배(배우자의 ROTC16친구, 광주 거주 독자)

인생을 살면서 어찌 아프지도 않고 힘들 때가 없었으리오마는 박필령 안젤라 자매님께선 주님을 경외하고 사랑하는 낭군 오성장군과 자녀들에 대한 지극한 사랑과 정성으로, 긍정의 마음으로 겸손하게 받아들여 그러한 장애물들을 무너뜨리고 녹여 버리시고! 승화!

♡ POWER OF LOVE ♡
그 아름다운 마음을 시어들로 우리들의 마음을 다독이고 감동케 합니다!
어쩜 똑같이 대하는 일상을 저리도 잘 표현할 수 있을까?
시집 출판하시게 됨을 축하드립니다!!

contents

Part 3 행복 꽃

시인 등단식

Part I 당선 시

사랑의 힘

한파주의보를 알리는
재난 문자에
털옷을 꺼내 입고
털모자를 썼습니다

예보도 없이
내 삶에 덮친 혹한을
이겨낼 수 있었던 것은

두터운 외투 같고
털모자 같은
당신의 사랑이었습니다

얼음장을 녹이고
개울물을 흐르게 하는
봄 기운 같은
당신의 사랑!

눈밭 속에서도
꽃을 피우는
복수초 같은
당신의 사랑

그 사랑의 힘
이었습니다

사랑 문

그대를
처음 만나던 날
작은 끌림 하나 품었습니다.

서로의 닮은 점으로
문이 열리고

서로 다른 재능을 칭찬하며
또 하나 문이 열리고

열 수록 정이 가고
열림이 그냥 좋아졌습니다.

당신 가슴에
내가 들어가는 문이 있고

내 가슴에
당신이 들어오는 문이 있습니다.

늘
열어 둔 사랑문

작은 꽃

작지만
온 우주를 품은 듯
충만한 꽃

내가 바라봄으로
존재하는 꽃

내가 작아져야
보이는 사랑 같아
이리도
가슴 뜨겁게 합니다

너처럼
그리고 나처럼

공짜 행복

웃어주기
인이주기
친구되어 주기
사랑해 주기

우리의 삶이
누군가 기쁨이 된다면

오늘 내 미소가
너에게 작은 위로가 된다면

그냥 보시니 좋았다 하실
당신과 함께 사는 것입니다
그래서 행복한 우리입니다

도다리 쑥 국

도다리 쑥 국
쑥 냄새가 좋다
쑥 국 좋아했던 엄마!

엄마는
그해 봄
목련 꽃처럼 봄을 따라 가셨다.

오늘은
엄마가 좋아했던
도다리 쑥 국 앞에 두고
엄마 생각 실컷 했다.

생각한 만큼
더 보고 싶은 엄마
우리 엄마!

부부

같은 곳을 바라보며
손잡고 가는 우리

끝없이 펼쳐진 지평선 너머
아득한 그곳

설렘과 희망으로
행복이 머무는 곳

그곳 찾아 갔습니다
그리고
그대와 함께
이곳까지 왔습니다

참
많이
행복합니다

축제의 삶

펑!
한 줄기 빛
하늘로 날아올라
밤하늘을 수놓았다
순식간에 사라진다

아름답고 황홀한
최고의 순간을 붙들고 싶어
가슴에 담았다

힘들 때
조금씩 조금씩
기억하며 꺼내 쓴다면
매 순간이 축제이고
매일이 축제의 삶

알지

결혼기념일
축하 카드와 함께
꽃다발도 받았고
선물도 받았다

따뜻한 마음
고운 마음

알지
날 사랑한다는
고백이라는 것

말 안 해도 알지

나침반

길 잃은 숲 속에서
방향을 알려주는
나침반처럼

내 삶에
갈 길 잃고
힘들어 할 때마다
희망으로 이끌어준 그대

그대는 나침반
내 일상에 놓인
나침반!

시상 사진

 도전 한국 장한 부부상

Part 2 　사랑 꽃

사랑하는 마음

보이지 않는다고
만질 수 없다고
없는 것이 아닌 마음!

그대의 미소로 볼 수 있고
따뜻하게 안아 주는
체온으로도
느낄 수 있습니다

사랑이라는 이름으로
늘 되뇌며
부를 수도 있습니다

사랑하는 마음은
숨을 곳이 없지만

때론
첫만남처럼
부끄러움에 감추고 있어
애 태웁니다

싸락눈

기다리던 눈이
싸락눈으로 내립니다

기다림이 커서
눈물 반
기다림 반

그래도
첫눈 만난 것처럼
젤 먼저 생각나는 사람
당신입니다

바보

바라보고
또 바라보아도
보고 싶은 바보!

당신 때문에
나도
행복한 바보

겨울 비

새벽녘
창문을 두드리는
겨울 비!

일하는 사람들의
휴식이 된 비

지금은
비를 보며
그대 생각을 꺼내
더 바빠지게 하는 비

겨울비로
나는 지금
에너지 충전 중

꽃병

이쁘다
사람이 꽃보다
아름답다

아무리 봐도
너는 꽃이다

널 보니
나는 꽃병이 되고 싶다
널 오래 담고 있는
꽃병

느낌표

느낌표를 찍는
순간순간이
더 많았으면 좋겠습니다

느낌표를 찍는
희망찬 일들로
가슴 벅찬 순간들이
많았으면 좋겠습니다

그 느낌표!
당신 가슴에 달아드리겠습니다

그림자

해 따라
함께해 주는
그림자를 봅니다

내가
빛 속에 있을 때만
보이는 그림자!

내 마음도
사랑 속에 있을 때
보이는 당신

당신이 내 사랑이란 걸
알아차릴 수 있게

내 안에
등을 밝힙니다

고백 커피

오늘 하루
지친 어깨를 기대며
가을이 되고 싶다

오늘 그대에게
카페라떼가 되고 싶다

오늘 하루
당신 가슴에
아름다운 사람으로 담기고 싶다

사랑함으로 행복하였다고
고백하는 하루가 되고 싶다

벤치

산책로 벤치에 앉아서
가쁜 숨을 고릅니다.

길게 이어진 전깃줄은
새들의 벤치입니다

새들을 보다가
당신 생각이 났습니다

벤치가 나에게 당신이듯
나도
당신의 벤치입니다

둥근 달

둥근 달처럼
둥근 사랑을 하고 싶다

그대 생각 매만져
동그랗게 만들고
그리움에 붙여

달처럼 웃는
동그란 사랑으로 살고 싶다.

농부의 사랑

심지도 않고
뿌리지도 않았는데
잘도 자라는 풀

그 풀 토닥이며
땀 흘러
키우고 거두는 것이
농부의 사랑

알고 보면 어버이 사랑

사랑입니다

불쑥 내미는
물 한잔에

온통 자상한 사람이라고
마음 빼앗기는 것

사랑이기 때문입니다.

동구 밖 모퉁이를 돌아 나올 때까지
발 돋음 하며 손 흔들고
차창 밖으로 고개 내밀어 답하는 것!

사랑이기 때문입니다.

가을 들녘
코스모스 길 걸으며
좀 더 가까이
좀 더 가까이
몸을 기대고 싶은 것!
사랑이기 때문입니다.

가족이란 이름으로
우리라는 이름으로
함께 그려가는 사랑이 맞습니다.

결혼기념일

하지
하지
그래서 하지에
결혼했습니다

밤보다 낮이 긴 만큼
축복 받은 시간이 더 많았던 날

하지(下肢)는
내 인생에
최고의 선물을 받은 날

선물

그냥 나누고
그냥 웃어주고
그냥 기쁘게 해주고 싶은 마음

그대와 함께하면
그냥은 사랑
그냥은 선물

꽃차

여름 내 말린
안개꽃잎 차

별빛을 담은 자태
그윽한 향
감미로운 맛은

나를 향한
그대 마음이네

그대 향한
내 그리움이네

커피향

좋다
참 좋다
정말 좋다

마음에 담겨

내 안에서
꽃으로 피는 그대!

좋다
당신이 좋고
당신과 마시는 커피도 좋다

커피콩

커피콩을 갈아서
뜨거운 물로 커피를 내립니다

부서지고 달구어져도
향기 나는 커피를 내어 주는
커피콩!

나를 위해
아낌없이 주고서도
향기 더 얹어 주는
당신 사랑도 커피콩

생각나는 사람

덕수궁 돌담 길
은행나무 가지에 연두 빛 새싹이
바람에 흔들립니다
흔들린 만큼 더 큰 설레임을 안겨줍니다

가을 되면
길 따라 걷는 여인들 마음을
사랑으로 물들게 할
은행나무 길!

그 길 걸으며
나는 당신 생각났습니다

수채화

오늘
내리는 눈은
한 가지 색으로
세상을 칠하지만

내 안에 눈은
무지개색으로 그립니다

사랑이니까
짙은 사랑이니까

저절로 사랑

맛있는 것 먹을 때
저절로 생각나는 사람!

감기 걸렸을 때
내가 대신 아파 주고 싶고
좋은 것 있으면
아껴 두었다 건네고 싶은 사람!

당신처럼
저절로 찾아드는 것이 사랑이다

당신처럼
찾아오면 머무는 것이 사랑이다

그대 생각

함박눈 따라
그대 생각이 쌓입니다
금방 눈이 그쳤습니다

눈은 그쳤지만
그대 생각은
계속 쌓입니다

이래서 사람들은
사랑을 꺼내기 어렵고
꺼냈다 하면
감당을 못하나 봅니다

사랑 눈

눈이 내립니다
앞산을 지우며 내립니다

"사랑은
모든 허물을 덮어주는 것"

함박눈은
내 사랑과 닮았어요

내 허물을
다 지우고
사랑 하나만 주고 있는

다행이다

추위에
주위가 다 얼어도
견딜 수 있지만

이러다
당신 사랑까지 꽁꽁 얼면
어떻게 하지
걱정 중이었는데,

"사랑해"
당신에게 온 문자

마음뿐만 아니라
바깥 날씨까지
데우고도 남을
사랑해

걱정하지 마

세차게 부는 바람
영하의 날씨
몸을 움츠리게 하지만

얼른
세찬 바람
내 마음에 꽁꽁
붙들어 놓았다

추위에
약한 당신에게
가지 못하도록

사랑이니까

눈에 보이는 것도
보지 못하는데

그대를 좋아하는
내 마음 어떻게 알지?

하지만 알거야
보이지 않는 것도 사랑이니까

사랑은 그런 거니까

우리 사랑 1

"이 또한 지나가리다!"
고통스런 순간을
참아 낼 수 있는 힘이 되고
큰 위로가 되었던 말!

모든 것은 지나간다
행복했던 순간도
힘들었던 순간도
세월에 담겨 흘러간다

바다 같은
우리 사랑으로
영원히 살라며
그 말 남겨 놓고 간다

생각이 나요

생각이 나요
자꾸 생각이 나요

다리 통증이 심하여
잠 못 이루던 밤
곁에서 기도하던 당신

검사 결과를 기다리며
초초함으로 떨던 내 손 잡아 주던 당신

완치 판정에
나보다 더 기뻐하던
당신!

이 가을엔
더 생각이 나요
생각만으로도
사랑을 느끼게 하는 당신

그대 있어

행복해요

보름달

달이 계속
둥글게만 머문다면
아름답지도 소중하지도
않을 겁니다.

초승달이 되어가도
둥근 달이 될 거라는
희망으로 보는 달

그래서
아름답고 소중한가 봅니다
내 당신처럼

애인 공개

내 애인은
내가 기쁠 때
산새의 지저귐으로 마음 열고
내가 슬플 때
세찬 나무의 흔들림으로
슬퍼해 준다

내 애인은
지친 나를 위해
그루터기가 되어 주고
힘들어 하는 나를 위해
쉼터를 내어 준다

시도 때도 없이 찾아가도
반가운 표정을 짓고
사랑한다고 외치면
메아리로 답을 주는 당신

관악산
내 당신!

경포대 앞바다

내 애인은
답답한 마음으로 찾아가면
하얀 포말을 일으키며
막힌 가슴을 뚫어주고

내 애인은
내 좁은 마음을
돛단배에 실어서 보내면
그 자리에
은빛 바다를 펼쳐준다

내 애인은
갯내음과
짙은 솔 향까지 품고 다가와
나를 안아준다

눈을 떠도 보이고
눈을 감아도 보이는
내 애인
경포대 앞바다!

이유

잘못을 가리지 않고
내 편이 되어주고

짜증을 부려도
내 허물을 다 받아주고

나를 위해서는
아낌없이 주는 이유

그대가
내 사랑이듯
나도 그대의 사랑입니다.

안개 꽃

처진 어깨 토닥토닥
넘어질까 손잡아 주고

"괜찮아!"
큰 울림으로
희망을 건네주며

엄지 번쩍 올려
"당신 최고야!"

늘
나를 돋보이게 해주고
안개꽃으로 웃는 당신

나도
당신의 안개꽃입니다.

콩깍지

사랑은
모든 허물을 덮어주는
콩깍지

그래서
사랑이다.

내가 했던 사랑이고
앞으로도
내가 할 사랑이다.

소나기

좋아하는 이와 걷다가
비를 만났다
함께 우산을 썼다

함께 걷는 우리를
축복해 주는 듯
비가 내렸다

같은 공간에서
서로의 존재를 확인해 준 소나기

비는 그쳤고
지금까지 그래왔듯
박수 받아도 좋을
우리 행복이 이어지고 있다

연꽃

고귀한 자태로
미소 짓는 꽃
넓은 잎으로
내 허물을
감싸 안고 있는 꽃

내 가슴이
연꽃이 되었다

일상을 연꽃으로 만들고
웃으면서 피었다

그대 비

비는
구름만 품고 있는 줄 알았는데
사랑도 품었나 봅니다

이리도
비가 오면 당신 생각에
마음이 흠뻑 젖는 걸 보면

비는
당신처럼 사랑을 담고 있는 게
맞습니다

사랑 레시피

오늘따라
커피가
달콤한 것은
당신 때문입니다.

커피에
설탕 대신
당신 생각을 넣었거든요!

커피 사랑

비가 내립니다
그리움이 내립니다
커피 생각이 나게 내립니다

비와 그리움 담아 마시는
커피 한 잔에
행복이 더해집니다
가끔은 커피도
사랑이 됩니다

우리 사랑 2

너도 사랑
나도 사랑
함께 사랑

나누는 사랑
채워 주는 사랑

둘 다
내 안에
서로 안에

첫눈

찻집에서
커피를 마시는데
첫눈이
내리고 있었습니다

"첫눈이다"
모두들 환호하며
핸드폰을 꺼내 사진을
찍었습니다

나는
얼른 눈을 감았습니다

그리운 그대를
만나기 위해서

첫눈 오면
만나자고 했던
그대를…

그대라는 봄꽃

커튼을 열었습니다
봄비가 내립니다

봄비보다는 함박눈이 그리우니
어쩝니까!

어여 어여
봄 마중 준비로
내 맘부터 비우렵니다

내리는 비에
봄꽃이라도 마음에 담겠습니다

그대라는 봄꽃
가득 담아
그대 웃을 수 있게 선물하겠습니다

봄 배달

붐기운으로
설레는 새벽 길
봄배달 나섰더니

나를 향해
활짝 열어 둔
그대 마음 있어
살포시 들어섭니다

봄처럼 띠뜻하고
설레는 맘으로
꽃씨 틔우는
봄을 만들고 싶어서

그리움

밤사이 눈이 내려
온통 하얀 세상이 되었습니다

다 지우고
다 채우고
백지로 만든 세상!

그대를 향한 내 사랑은 다 지워도
어쩔 수 없나 봅니다

백지 위에
그대 모습만
자꾸 그리는 걸 보면

겨울 데이트

눈 내리는 바닷가
하얀 백사장은
흰 눈을 담고

추위로 웅크린 내 안에는
그대 뜨거운 열정을 담습니다

이게
눈 위에서도 따뜻한
우리 사랑입니다

내 사랑

아기가
엄마 곁에 머물 듯

나비가
꽃을 찾아가 머물 듯

그대 곁에
가까이
더 가까이 머물고 싶은
내 사랑
그리고
사랑 속의 당신!

낭송회 끝나고 부부 사진

 소리향 낭송회 송년파티

Part 3　행복 꽃

행복한 고생

집안일을 하고
아이들 등하교 챙기는 일까지
쉴 틈 없이 움직였다

그 옛날
얼마나 힘드셨을까?

'고생 되도 행복하지'
허리 펴시며
웃으시던 어머님
아――
이렇게
사랑하셨군요
고생도 행복한 그 사랑

함께

창밖에 내린 눈은
그리움이란 이름으로
가슴에 다시 내리지만

녹은 눈은
따뜻한 기억을 내밉니다

기억 속의 주인공
당연히 당신이어서
참 행복합니다

주름살

주름살 깊숙이
고통 서 말
슬픔 서 말
기쁨 서 말

모두 합치니
행복 만 점

아름다운 내 인생의
답안지

행복이 머무는 공간

기쁠 때 함께 웃고
힘들 때는
어깨 내어 주는 당신

당신 손잡고
함께 가는 길

그대 있음에
행복하게 갑니다

여기라는 곳까지
이곳이라는 곳까지

이상합니다

"축하합니다"
축하를 했는데
내 안 가득 행복이 들어옵니다

내가 가진 것을
나누었는데
내 맘 가득 넉넉함이 느껴집니다

기쁨으로
"사랑해요"
했는데
내 볼이 붉어지고
마음이 따뜻해집니다.

참 이상합니다.

행복한 사람 1

행복합니다
사랑해 주기를 기다리지 않고
먼저 사랑했습니다

이해해 주기를 고집하지 않고
먼저 이해했고
용서 받으려 애태우지 않고
먼저 용서했습니다

채운 것도 없는데
빈 마음인 줄 알았는데
돌아보니
돌아보는 순간마저
행복으로 채워지고 있습니다

이래서
나를 행복한 사람이라
불러주나 봅니다

고백

작은 화분에 활짝 핀
랜디꽃을 보냅니다

"그대가 있어 행복합니다"
라는 꽃말
내 맘과 같아서,

랜디꽃 화분으로
고백합니다
"그대가 있어 행복합니다"

마법의 날 수요일

수려한 용모도 아니요
별처럼
빛나지도 않았는데
왠지 정이 가는 당신!

수수한 마음으로
수요일에 만나서
수월하게 마음이 움직였나 봅니다

고백이 필요한 분
나처럼
수요일 날
만나자고 했으면 좋겠습니다

행복한 이

어느날
나는 나를 보고
깜짝 놀란 적이 있었다

눈이 작아
늘 불만이었는데

거울 속에 웃고 있는
내 모습이
해바라기 꽃처럼 예뻤다

그래서
늘 웃는 이가 되었고
행복한 이가 되었다

행복열쇠

내 탓이다!
라고 다른 이의 판단을 내려놓기

씨앗 쥔 손을 풀어
꽃씨를 뿌리기

내가 칭찬받고 싶은 마음으로
칭찬해 주기

마음에 들지 않은 이에게도
화사한 미소로
반겨주기

여의도 불꽃 축제

하늘 불꽃이 내 안에도 피어나
함께 함성을 지르는 것이
불꽃축제인가 봅니다

와-
함께 지르는 탄성!
아름답다!
진짜 멋지다!

마음에서 우러나오는
감탄사들이
밤하늘을
더 아름답게 수 놓습니다

함께하는 마음 안에서
행복으로
사랑으로
더 활짝 꽃피운 밤!

당신이 있기에
가슴에서 평생 꺼내 볼
추억 됐습니다

바이러스

코로나19 바이러스에
몸과 마음까지
위축되지만
그대가 있어 행복한 마음만 가슴에
담았습니다

그대는 나에게
나는 그대에게

기쁨 바이러스
행복 바이러스
사랑 바이러스이니까요

이유

그가 만나는 자연도
사람도
나에겐 다 낯설지 않고
정겹기만 합니다

그가
머문 시선과 생각까지도
익숙한 것 같고
마음이 자꾸 갑니다

그 이유
우리가 사랑으로
빚어졌기 때문입니다

사랑과 재채기

지하철 안에서
서로 껴안고 있는
두 연인을 바라보며
미소짓는다

사랑과 재채기는
감출 수 없다 했는데

감출 수 없었던 내 사랑
감기 걸리듯
사랑에 걸려
행복해 했던
그때 생각에
저절로 나오는 미소

행복한 사람 2

늘 웃고
늘 감사하고
늘 감동하고
늘 나누고

그래서
행복합니다

당신이 준 사랑으로
늘 그렇습니다

행복한 사람/박필령

늘 웃고
늘 감사하고
늘 나누고
늘 감동하고

그래서
행복합니다

당신이 준 사랑으로
그렇습니다

 가족 사진

Part 4 계절 꽃밭

가을

가을이다

너라면 좋을
고추잠자리
찾아든다

홍시

가을 햇살 때문일까?
파란 하늘 때뮤일까?

그대 때문에
잘 익은 홍시처럼
얼굴이 붉어집니다.

내 사랑도
잘 익었으면 좋겠습니다.

가을맞이

지금은
뜨거운 열기로
시원한 곳을 찾아다니지만
바람은 벌써 서늘해 졌습니다

머지않아 가을은
소리와 빛깔에 풍성한 마음을 담고
우리 찾아 오겠지요

사랑도 닮았으면 좋겠습니다

행복한 가을처럼
열매 맺는 그 사랑처럼
닮았으면 좋겠습니다

낙엽 길

낙엽 길을 걸으며
한 잎 두 잎
단풍잎을 모읍니다

추억도 한 조각씩
한 조각씩
가슴에 담깁니다

단풍 따라
인생길도
여유 있게 물들어 갑니다

가을은

은빛 미소로
가을을 유혹하는 억새들의 군무에
가을이 익어갑니다

아니 아니
홍시 사랑에
마음을 흠뻑 적시고
허리를 곧추세우고 있는 감나무에

빨간 고추잠자리와 사랑 중인
코스모스 꽃길 속에
가을이 익어가고 있습니다

내 가슴속 그리움도
그대를 향해 익어갑니다

허수아비

가을엔
황금들녘을 지켜내는
허수아비가 되고 싶다

바람 따라 흔들거려
소리도 내고

있다는 자체만으로도
힘이 되는
그래서
무엇인가 지켜내는
허수아비가 되고 싶다

한가위 보름달

태풍이 지나간 하늘에
밝은 달이 떴습니다

내 그리움만큼이나
커져 가는 달!

보고 있던 달로
굴렁쇠를 만들어 달립니다

가다가
가다가
그대 가슴에 닿으면 좋겠습니다

만남

명절이 만남에
다리를 놓아 주었습니다

닫혀 있던 마음을 열었더니
사랑하는 마음이 들어오고
미움은 빠져 나갔습니다

만남은,
아름다운 마음을 이어주는 다리입니다

추석 전 장날

장날
박 두 덩어리
누런 호박 한 덩이에
밤과 대추를 샀습니다

짐은 가득한데
마음 한 구석이 허전했습니다

함지박 가득 담아
머리에 이고 오시던 엄마 생각에

내 장바구니에는
그리움만 가득 담겼습니다

엄마가 좋아했던
과꽃 한 다발 더 담았는데
자꾸 눈물이 나왔습니다

그리움 되어 가슴 가득 흐릅니다

가을 커피

그대 생각이 나면
커피를 마십니다
커피를 마시면
그대 생각이 더 진해집니다

그렇게 마시는
커피는
당신을 닮았습니다

당신처럼
가을이다가
뜨거운 커피였다가

가을 편지

더 높아진
하늘을 올려다봅니다

하늘 속에
추억이 된 여름날들이
감사로 흐릅니다

이제는
또 하나 위대한 가을 편지를
적을 때가 되었습니다

너에게
나에게
감사한 열매 맺는
삶을 살자고

모든 것이
사랑으로 이루어지도록

사랑을 가슴에 품고 살자고
적고 있습니다

행복하게 살기 위해서
나누는 삶을 살겠다는
추신도 적었습니다

가을 속으로
편지를 보냅니다

국화차

노오란 꽃잎에
뜨거운 물 담습니다
우러난 국화차

그윽한 차 맛은
입 안 가득
가을 추억으로
찾아 가게 합니다

그대 생각
담았기에
더 보고 싶어집니다

봄비

봄비가 내립니다
첫사랑이 내립니다

누군가를 좋아하고
그리움에 설레던
내 모습이 생각납니다

첫사랑은
주저앉은 나를
일으켜 세워주는 힘!

비가 내립니다
당신이 참 많이 그립습니다

진달래

모진 추위 견디었다 하여
참 꽃인가?

고통으로 피었다 하여
참 꽃인가?

얼어붙은 맘을 녹여
사랑으로 핀 꽃
참 그립게 핀 참 꽃

내 사랑 닮은
또 다른 이름
진달래

꽃비 내리던 날

흐드러지게 핀 벚꽃 나무 아래
소복하게 쌓인 꽃잎!

꽃신처럼
꽃잎을 신고 걸어갑니다

활짝 핀 꽃으로 따라오던 나무가
가슴에 들어섭니다

늘 함께해 온 당신!
오늘은 당신이 벚꽃나무입니다

내 안에서
향기가 납니다

봄날의 명상

산수유 꽃, 진달래꽃
다 피어나 봄이라는데
꽃샘추위는 빗장을 걸고 있네

그래도
내 마음속에 있었으니까
이미 봄

햇살 같은 사랑으로
당신이 준 선물
늘 봄

봄이 오는 소리

입춘이 지나도
꽁꽁 언 땅과
차가운 바람이
봄기운을 밀어내고 있어도
봄이 옵니다

꼬옥 안아주는
그대 가슴 속에서
봄은 이렇게 옵니다

그대 사랑이
그렇게 왔듯
지금처럼 옵니다

그대 사랑으로 옵니다

사랑 꽃

매화꽃보다
진달래꽃보다
더 예쁜 당신은

인내하고
배려하고
보듬어 주는 꽃

당신
베풀면서 피운 꽃
사랑 꽃이라 불렀습니다

일출

정유년
해맞이 산행!
해는 끝내
구름으로 볼 수 없었지만
당신을 만났습니다.

내 가슴에 머물면서
늘 나에게 희망을 주는 당신!
오늘은
당신이 일출입니다

5월은...

5월은
당신을 닮았습니다.

라일락 향기에
사랑의 미소를 보내는
당신

싱그러운 바람을
마음에 담아서
늘 행복해하는 당신

따뜻한 햇살 아래
뛰어 노는 아이들처럼
해맑은 웃음 짓는 당신

작은 것에도
감동하여
꼭 안아주는 당신

5월은
ㄱ런 당신을 닮았습니다

당신은
나의 5월입니다

5월은
사랑으로 행복해지는
마법 같은 달
가족 사랑 꽃

5월 가계부

5월달
월말 결산은
흑자입니다

나누어도
더 채워지고

비워내도
더 넘치는 달

사랑이
이자까지 더해서
부자 되는 달

넝쿨장미

사랑해
사랑해
사랑을
꽃으로 고백하는
넝쿨장미 꽃송이들

보듬고 어루만질 줄 아는
우리 가족 닮았다

열렬한 사랑으로
꽃을 피우는
우리 마음 닮았다

생의 찬가

묵은 난에서
꽃이 다시 피었습니다

생명 있는 것들은
사랑의 손길 따라 싹을 내고
꽃을 피웁니다

보내준 이가 생각나서
감사하게 합니다

참
감사하게 하니
살아있음이 축복입니다

영산홍

마지막 강추위에
함박눈까지 내려
온 누리는
겨울을 담았지만

내 마음 안에는 영산홍을 담았습니다

풋풋한 옛시절이 떠올라 영산홍처럼
온통 얼굴 붉어집니다

가슴 가득
영산홍 꽃말처럼 첫사랑이 담깁니다

선물

갑자기 강추위에
함박눈이 내렸습니다

추워서 움추린
마음 대신
눈사람을 만들고
뜨거운 차를 마시는
행복함을 가슴에 담았습니다

따뜻한 봄을 담을 수 있게 하는

강추위도
어쩌면 선물입니다

춘심

맑은 호수에는
봄이 담겨 바람결에
나룻배 흔들거리고

내 마음에는
당신이 담겨
설렘으로 심쿵한다

이게 사랑인가 봅니다
이게 곁에 있어도 그리운
우리 사랑이 맞나 봅니다

가족사랑

바람 없는 날
코스모스 흔들림처럼
"함께여서 행복하다"는
속삭임이 들려요

뜨는 달이
안타까운 마음과
"그래도 한 공간에
함께해서 행복하다"는 고백이 들려요

고열로 울지 못하는 아이를
밤새 안고
"너 대신 내가 아프고 싶다"는
엄마의 목소리도 들려요

사랑하는 마음만이
침묵을 소리로 들을 수 있다는데
소리가 들려요

손녀 돌 날

건강하게 자라기를 바람으로
실디레를 건넸지만
청진기를 잡고 웃는 손녀

내 건강도 중요하지만
다른 사람 건강도 좋지

그래
아빠 뒤를 이어
생명 살리는 일을 하렴
기도해 줄게

케익

나이가 들었고
오늘부터
한 살이 더 많아지지만
많음조차 잊게 하는 케익

케익도 사랑입니다
그대만큼은 아니지만
달콤한 사랑입니다

엄마 마음

할머니!
애
보름달이 나만 따라와요?

응
너를 많이 많이
좋아하니까

그래서
맨날 맨날
엄마가 나만 따라다니는 구나!

친구

그립다 말을 하니
더욱 그립네

오래 묵은 책갈피에
끼워둔 네잎크로버처럼
오래 간직한 우정
너를 찾아 행운이다

그리운 친구 있음이
행운이다

다 이유가 있다

종아리가 아프다는
아이도
감기로 많이 아팠다는
아이도
다 이유가 있었네

더 자라고
더 사랑하고
더 소중한 것을 주기
위해서라는

꽃잔치

여기도 꽃
저기도 꽃
밤새 피어낸
봄꽃과
연녹색 잎이 꽃동산을 만들고
꽃 잔치를 엽니다

등에 업히고
양손에 매달리며
좋아라 웃어대는
손주들의 재롱 보며

그 안에서
나는 행복 잔치 중입니다

영희

내 동생 이름은
영희입니다

외모도 목소리도
재능과 마음씀씀이까지도
나와 많이 닮았다 합니다

늘 긍정적이고 잘 웃고 친절한
영희는
남에게 잘 하느라 자신의 아픈 곳을
보지 못하는 것까지
나와 닮았습니다

그래서
마음 씀이 언니처럼 든든한 동생입니다
언니를 위해서라면 자신의 일보다
더 기도하며 아파해 준 동생입니다
엄마 안 계신 빈자리
든든한 친정이 되어 주었습니다

아니
내 안에 연민의 맘으로 기도하게 하는
동생입니다

우는 동생을 업고 달랬던 바닷가
파도소리가 그리운 새벽
나에게
동생은 고향이고 그리움이고
어머니 품이었습니다

나도
영희의 고향이고
그리운 엄마 품이 되어 주어야 하는데
늘 부족한 사랑에 미안한 마음입니다

하지만
서로에게 존재하는 것만으로도
위로가 되고 사랑이 되는 우리

영희는 믿음직하고
사랑스러운 내 동생입니다

들러리

연두빛으로
가지마다 새싹이 돋았습니다

그 안에
진달래 꽃과
생강 꽃이
더 예쁘게 보입니다

예쁘게 보이는 것은
함께해서
더욱 빛나게 하는
배려 때문이겠지요

늘
나를 빛나게 하기 위해
도와주는 당신처럼

미우라 아야꼬 기념관에서

이 밤
벗의 손잡고
미우라 아야꼬의 기념관을 찾았습니다

미우라 아야꼬의 발자취와
그녀의 사명적 삶의 스토리에
가슴 뜨거운 감동을 받았습니다

그녀처럼
내가 살아온 삶이
한편의 시가 되고
이야기가 되어

누군가의 가슴에 감동을 주고
아픔을 위안하고
상처를 치유할 수
있다면

오늘 내 삶이
상처 입은 꽃한송이 같다 하여도
슬프지 않을 것입니다

역경을 견디어내고
고통 중에 있었다 하더라도
밤하늘의 별보다
더 아름다운 삶이었다고 할 것입니다

내 가슴에 별 하나
품을 수 있도록

먼 길 달려와
기념관을 안내해 준
벗의 사랑이 보석되어
반짝이는 설야!

꿈을 이루어 내리라는
작은 소망 하나

홋카이도 아사히카와
밤하늘에 올렸습니다

닮은꼴

아이는
울면서 태어나지만
엄마의 웃음을 보면서
웃기 시작한다고 합니다

웃는 이를 보고 있으면
나도 미소가 나옵니다

그래서
부부는
닮아가나 봅니다
우리 부부처럼
닮았다 소리를 듣나 봅니다

설날

설날은
기억하고
만나는 날

우리 삶의
뿌리를 확인하며
감사하는 날

주면 줄수록
오히려 커지고 넘치는
요술 같은
복 빌어 주는 날

설날은
기쁨주고 더 기쁨받는
사랑의 날
감사의 날
그래서 행복한 날

인생길

터널에는 길을 내고
강에는 다리를 만들고
섬에는 뱃길을 내어
서로 소통하고
아름다운 경치를 보게 합니다

내 안에도
작은 미소로
작은 선행으로
작은 배려로 길을 냅니다

행복으로 가는 길
사랑으로 여는 길

그대와 함께라서
더 좋은 길

위로

많은 말을 하지 않아도
많은 것을 주지 않았는데도
마음이 평안해집니다

안고 있는 강아지 체온을 느끼는 것
작은 꽃을 바라만 보아도
마음이 따뜻해집니다

당신이
바로 그렇습니다

나도 당신처럼 당신의 위로가
되고 싶습니다

 소리향 시낭송 콘서트

Part 5 **짧은 시**

접근 금지

눈 쌓인 계단에
'접근 금지'
빨간 테이프가 붙어 있다

하지만
내 안은
늘 진입 가능!

그대 사랑으로
나는 늘
안전지대

핸드폰

늘
만지고
바라보고…

저 핸드폰
나였으면
좋겠네

나비

나비 한 마리
잔설 남은 가지 위를
맴돈다

나비야
너도 나처럼
사랑이 그리운가 보다

가장 소중한 것

계절은
초대하지 않아도
제때에 찾아 오지만

지나간 시간은
다시 오지 않으니

지금
이 시간이
가장 소중한 것

폭우

빗속에
꼼짝 못하고 갇혔어요

지금은 그냥
비가 당신이라
생각하렵니다

희망

희망은
바닥에 내려앉아 봐야
생기는 선물
하지만
담겠다고 생각하면

가슴에 담기는 선물

당신이었네요

문 열자
환한 기운 느껴지게 하고
보기만 해도 눈이 부신데

맑은 웃음 소리까지
아름다운 이
생각만으로도 좋은 사람
보면 더 행복해지는 사람

바로 당신입니다
내 당신이 그렇습니다

오직 하나

쌓이면
쌓일수록
좋은 것을 들라면

난
오직
당신 사랑

이유

가을이 좋다
왜?

가을 닮은
겸손한
당신이 있어서

반달

벌써
둥근 달이
반달 되었지만

내 마음엔 늘
당신 사랑으로
둥근 달

기쁨

내 마음이 기쁜 것은
꽃이 예뻐서도 아니고
하늘이 쪽빛이어서도 아닙니다

당신이 웃고 있어서 입니다

단풍친구들

한 잎
두 잎
세 잎
주워서 모아 놓은 단풍잎들

도란도란
무슨 얘기들일까?

"함께여서 두렵지 않고
고맙고 사랑한다"
하겠지

우리처럼

꽃 속에 꽃

사진 속
눈부시게 화사한 꽃

철쭉꽃인가?
했는데
당신이었네요

내 가슴에 담겼다가
날 보게 하려고
꽃으로 핀 당신
결 고운 내 당신이었네요

비밀

코를 골고
급하면 말 더듬는 습관
비밀로 하는 건

사랑하기 때문인 것
알지?
잘 알지?

눈 내리는 날에

오늘처럼
눈 내리는 날
꼭 필요한 두 가지

마음 녹여줄 따뜻한 커피와
함께 마실 당신!

사랑 고백

코스모스를 보다가
코스모스가 너라고 생각했다

발그레 홍조 띤
나를 따라
코스모스가 웃고 있다.

나 지금
코스모스와
밀애 중

우산

늘 챙겨 다니면
유용하게 사용되는
우산

늘 함께하며
힘이 되어 주는
당신도 우산

짝사랑

누군가가 짝사랑은
슬픈 거라 합니다

하지만
나는 행복합니다
사랑을 하고 있기 때문입니다

가장 큰 것

보이지 않는
너를 사랑하는 마음

네 곁에 함께하며
머물러 사는 것

이것이
인생을 향기 나게 사는
우리 사랑

취급주의

나는
당신의 사랑을
담고 있는
유리 잔

예쁜 질투

꽃이 예뻐서
마음을 뺏겼더니
옆에서
툭 친다

나도 꽃이야

연두빛 새싹들이
손잡고 있는 당신이

가장 소중한 약속

너만 사랑하고
평생 당신을
웃게 해 주겠다는

40년 동안
지켜 주고 있는 그 약속!
이어진 우리 사랑!

연주회

귀로는
쇼팽의 녹턴 곡을 듣고 있지만

나는 그대 마음을 훔치고 있습니다
당신 사랑이 나에게 감동이니까요

어쩌면 좋아

핸드폰 전시장
전지현 광고 앞에서

"당신이 서 있는 줄 알았네"
하는 당신

어쩌면 좋아

감사

눈꽃 속의
매화 꽃봉오리는
봄을 담았지만

내 가슴엔
당신 수고로운 미소만 담겼습니다

감사합니다
그저 고맙습니다

결단

이런 이유, 저런 이유 대며
갈까? 말까? 하다가
갔습니다

그대 그리운 마음속으로
사랑이 되었습니다

내 반쪽

"그랬군요
　많이 슬프고 아팠겠네요"

내 마음도
　그대 맘처럼 아픈 걸 보면

그대는
　내 반쪽이 맞습니다

 부부 피정 때 기도 모습

Part 6 기도 꽃

겸손

겸손은 낮아지는 것이라고 하지만

낮아지고
싶지 않습니다

하느님께서 나를 만드시고
'보시니 좋았다' 하신 최고의 창조물이기 때문입니다

하지만
하느님 사랑 앞에
나보다 이웃을 더 생각하고
이웃을 더 귀하게 여기고
나를 내려놓을 따름입니다

당신 때문에
낮아집니다

비 오는 주일

빗방울이
창문을 두드립니다
톡
톡
닫혀있는 마음을
두드립니다

주님 부르심에
영혼이 열립니다

그분이 머무를 수 있도록
활짝 열립니다

9월이 오면

감사하게 하소서
힘들게 했던 더위도
많은 기쁨과
휴식을 선물했던 여행도
두 손 모아 감사하게 하소서

하늘에 뭉게구름과
봄꽃 진 자리에 핀 코스모스와
고추잠자리를 볼 수 있는 여유도
감사하게 하소서

풍성함을 전해주는 가을 바람과
감사할 줄 아는 나에게도
감사하게 하소서

감사하는 마음으로
당신 손잡아 줄 수 있는 행복에도
감사할 줄 알게 하소서

가을 기도

주님
저희를 눈에 넣어도
아프지 않을
귀염둥이라고 하신
아버지시여

저희에게
한없이 자비로우시고
용서를 베푸시는 주님

이 풍요롭고 아름다운
계절을 주심에 감사드립니다

저희가 풍족하게 되었을 때
더 가지고 싶은 욕심과
더 누리고 싶은 욕망으로
죄를 부르고
저희도 모르게
스며드는 사탄의 힘을

분별하게 하소서!

그리하여
나의 강한 뜻을 꺾을 수 있고
내 안의 일어나는
죄를 다스릴 수 있는 힘을 주소서!

내가 고통 속에서 만났고
나를 일으켜 주셨던
주님 사랑을
회복시켜 주시고
주님께로 향했던
첫사랑의 마음으로
돌아가도록 도와주소서!

첫 마음으로
살아가게 하소서

그리하여 오늘도
성령의 열매인
사랑, 기쁨, 평화, 친절, 인내,
호의, 성실, 절제, 온유를
맺는 나날 되게 하소서!

성령의 도움을 청하나이다

이 모든 것
우리 주 예수 그리스도를 통하여 비나이다
아멘!

작은 각오

세상창조 신비가 드러나는 나이기에
가질 수 있는 힘은
자존감!

주님께서는
나를 빚으시고
보시니 좋았다 하시고
눈에 넣어도
아프지 않을 귀염둥이라 하셨으니
자녀로서의 당당함!

나 두려울 것은
내가 누구인지 모르는 나 자신뿐!

난 하느님의 자녀이니
불가능이 없고

세상 딱 한 사람이니
명품 중 명품!

당당함과 자존감으로

당신과 함께

어깨를 펴고 활짝 웃으며 하루를 살겠습니다.

나답게 사는 것

나의 행복을 위해
기도하는 이 있어

나를 나보다 더
사랑하는 이 있어

나는
나답게 살 수 있네

사랑 안에서 태어나
사랑으로 자란
나이기에

세상 안에
널리 이롭게 하는 삶을
사는 것이라네

나답게 사는 것은

질그릇

살아오는 동안
세상 것만
담아 온
나

오늘
비우고
주님께서 채워 주시도록
내어 놓습니다

내 뜻이 아닌
주님 뜻으로

하느님 담은
질그릇으로

기도

아파하는 마음
안타까워 손 꼭 잡고

힘내라
껴안고 등을 다독다독

같이 울다가
환한 웃음으로
함께하는 내 맘
알았는지

고개를 끄덕이며
힘주어 웃는 얼굴에
기도합니다

남은 그리움이
아름다운 삶으로
꽃을 피울 수 있기를

사순시기 기도

십자가 매달리신
예수님을 바라봅니다

예수님에 비하면
우리가 겪는 억울함과
육체의 고통은
아무것도 아닙니다

성모님에 비하면
우리가 자녀 때문에 겪는 고통은
미약하기만 합니다

주님!
아무것도 아닌 것들로
하느님 나라를 잃지 않는
은총 주소서

들꽃사랑

허리를 굽혀야
보이는 들꽃

낮아져야 보이는
하느님 사랑

어디든 마음으로
보아야 보이는
그 사랑

들꽃 속에서
당신 사랑 느낄 제

무릎 꿇고
기도하게 하는 들꽃사랑

파스카 예식

65년 동안이나
지어 온
나

오늘 허물고
새로운 나로

주님께서 지어 주시도록
내어 놓습니다

내 힘이 아닌
주님 뜻으로

이제는

오래전 기숙사에서
함께 살았던 친구들을 만났습니다
짙은 향기보다는 은은한 향내로
화통함보다는 그윽함으로
뚜렷하고 명쾌함보다는 아련함으로
살갑게 반가워하는 모습보다는
조용한 몸짓으로 가만히 안아 주는
모습이 좋았습니다

나의 잘남 자랑보다는
우리가 함께였기에
젊은 날 역경도 잘 견디고
해낼 수 있었다고

함께라서
할 수 있었다며
서로 토닥거립니다

이제는, 그저
허세로움과 욕심 다 내려놓고
잘 살았다며 칭찬해 주고
참 편해서 좋은 친구들!

잘 익은
청국장맛 나는 친구가
좋습니다

응원

괜찮아
할 수 있어
잘 하고 있어

늘
나를 일어서게
들려주던 응원의 말씀

이제
내가 당신 위해
응원하게 하소서

그 응원
당신이 주인이게 해주소서

하루 기도

주님
오늘
내가 할 많은 활동 중에
얼마나 많이 활동하는 가에 매이지 않게 하소서

오늘 주어진 일 중에
만나는 이들을 얼마나 많이 사랑할 것인지?

나의 활동에는 사랑이 담겨 있는지를
살피게 하소서

언제나 기뻐하고
끊임없이 기도하며
모든일에 감사하는 삶을 살아
모든 것이 사랑으로 이루어지게 해 주소서
아멘!

"여러분이 하는 모든 일이 사랑으로 이루어지게
하십시요"(1코린도16, 14)

되게 하소서!

주님!

당신의 눈길은
언제나 낮은 곳으로

더 낮은 곳을 향하고
있습니다

하지만 주님!
저는 위만 바라보며
당신을 찾았습니다.

잘 살고 싶었고
사랑받고 싶었고
인정받고 싶어서
늘 목말라 했습니다.

하지만 당신께선
병고로 웅크리며

고통 속에 있을 때

가까이서
손 내밀어 주시고
일으켜 세워주셨습니다.

주님!
제 중심적 삶의 욕심에서 벗어나
이타적인 삶으로
변화되게 해주소서!

가난하고 겸손한 자
되게 하소서!

당신 사랑 안에 머무르며
사랑 실천하는 자
되게 하소서!

아멘!

아낌없이 주는 사랑

사랑은
모든 것 다 주고도
더 주지 못해
아쉬워하는 것이라지요

그래서일까요
날마다
아쉬운 마음만 가득하니

사랑은
아낌없이 주고도
더 주고 싶은 마음이
맞습니다

당신을 향한
내 마음처럼
내 그리움처럼

9월 사랑

아침저녁 나절 서늘해졌습니다.
하늘은 더 높아졌습니다.

하지만 당신 사랑은
서늘하지도 않고
높아지지도 않는 채로
더 깊고
더 넓은 사랑으로 익어갑니다.

풍성한 사랑을 품은
9월이었으면 좋겠습니다.

가을 하늘

높고
더 파란 하늘을 바라보면
기분이 좋아집니다

가을 하늘
바라보고 있노라면
눈물이 흐릅니다

"사랑합니다"
"보고싶습니다"

하늘 가득
그려진 마음

내 안에도 따라 그려집니다

가을 하늘은
당신을 향한
내 사랑이어서입니다

그래서
그냥 좋습니다

귀염둥이

내가 고개 숙여
무릎 꿇고 있을 때

하느님은
나를 괜찮다 하시고
나를 훌륭하다 하시고
나를 귀하다 하시네

나를 부족함이 없다 하시고
눈에 넣어도 아프지 않을 귀염둥이라 하시고
너밖에 없다고 하시네

나에게 특별한 은총 주시고
나 없이는 못사는 분이시니
나는 부족함이 없어라

이제 하늘을 우러러
저도 당신밖에 없으며
당신을 사랑한다고
고백하나이다
아멘

어둠을 밝히는 기도

모두가 사랑이 되게
하시는 주님!

저에게
등잔불 같은 한 해가 되게 하소서

오늘 내가
어둠 속에 있더라도
빛으로
함께 하면 어느새 밝아지듯

주님!
늘 심지를 새롭게 하시고
등잔에 기름이
떨어지지 않게
해 주소서

말씀과
성체 성사의
신비로 비워진
가슴을 채우며

모든 것이
사랑으로 이루어지는 은총 주소서

내 입과 마음
그리고 행동 모두가
사랑이게 하소서!
감사이게 하소서!

새해 결심

새해에는
늘 하는 결심

해마다 조금씩
늘었습니다

새해에는 그대에게
잔소리 대신 힘 되는 칭찬으로

시기보다는 인정하고
간섭보다는 기다려주며
사랑 받으려 하기보다는
그냥 사랑하기로 했습니다

늘 함께해 주는 당신을
위해 더 바라보고
더 함께해 주고
더 칭찬해 주기로 했습니다

기해년에도
기운 넘치고
해피하게 연중 내내
행복한 시간 되기 위해서

코스모스 꽃길

코스모스 꽃길
따라 걷고 있습니다
꽃 하나에
어린시절 함께 놀던 동무들

꽃 하나에
아름다웠던
고향 갈매기 !

꽃 하나에
날 반겨 주시던 엄마 기다림!

꽃 하나에
단발머리 꿈 많던 여고생!

꽃 하나에
두 손잡고 꽃길 걷었던
그 사람!

하나하나 떠올리다
코스모스가 되었습니다

그리움 한 가득 담긴
꽃길이 되었습니다

말

내가
하루종일 하는 말은

희망을 주는 말
용기를 주는 말
칭찬의 말
진실된 말
사람을 살리는 말
긍정의 말
부드러운 말
향기로운 말
이해하고 용서한다는 말
감사의 말만
하게 하여 주소서

그리하여
만나는 이들에게
사랑이 되게 하소서

칭찬 앞에 기도

주님!
낮이지게 하소서
우쭐하지 않게 하소서

군중들의 환호를 받고
예루살렘에 입성하시는
예수님을 태우고
우쭐거리는 당나귀의 어리석음을
닮지 않게 하시고

주님의 길을 닦기 위한
소명만을 완수한
세례자 요한의 영성을 닮게 하소서

자랑하려거든 주님만을 자랑하라는
말씀 깊이 새겨 실천하게 하소서

그리하여
당신께서 채워 주는

잔이 넘치게 하소서!

더 사랑하기 위해
내 의지를
더 죽이는 삶을 살아
십자가 죽음 뒤의 부활의 삶을
기억하게 하소서!

창조하신
자연의 변화 속에서
하느님의 사랑을 보는 눈을 열어 주시고

성경 말씀을 골수에 새겨
거룩한 길을 걷게 하소서

오로지
십자가 죽음으로 사랑을 완성한
주님을 믿게 하소서

믿음·소망·사랑 중
오롯한 믿음으로
이 모든 것을 누리는
복된 자녀 되게 하소서
아멘!

믿음과 소망, 사랑의 토양에서
자라난 시의 꽃이 더 많은 이들의
마음에 향기를 남기길 소망합니다!

권선복
(도서출판 행복에너지 대표이사)

시라는 것은 무엇일까요? 몇 줄의 길지 않은 문장 속에 깊
은 아름다움을 담아내기도 하고, 가슴이 저려오는 아픔이나
벅찬 감격의 기쁨을 보여주기도 합니다. 특히 모든 시는 정
도의 차이는 있으나 일정 수준 희로애락과 삶의 경험이 담긴
시인 자신의 인생을 보여주고 있다고 할 수 있을 것입니다.
그러한 의미에서 이 시집 『사랑으로 핀 꽃』의 박필령 시인이
시를 통해 보여주고 있는 인생은 특별합니다.

윤동주 시인의 '서시'를 읽으며 간호사가 되겠다는 꿈을 키
웠다는 시인은 간호사로서 아픈 이들을 위해 봉사하는 삶을

사는 한편 그 무엇과도 바꿀 수 없는 인생의 동반자인 남편과 아이들을 만나 다복한 삶을 누리고 있었습니다.

하지만 시련은 눈치채지 못하는 사이 순식간에 다가오게 됩니다. 10여 년 전 우연한 기회에 진단받게 된 유방암 판정이야말로 인생에 가장 커다란 시련이자, 동시에 터닝포인트가 되었다고 시인은 회고합니다. 환자 본인뿐만 아니라 가족의 인생까지 완전히 바꾸어 놓을 수밖에 없는 오랜 투병 생활임에도 서로를 믿고, 시련을 함께 극복해 나가고자 하는 소망과 사랑을 품은 가족이 있었기에 유방암 완치 판정을 받기까지 무너지지 않을 수 있었다는 것입니다.

이렇게 극적인 삶의 터닝포인트를 경험하였기 때문일까요? 박필령 시인의 시는 소박하면서도 격조가 있고, 쉬운 단어와 문장 속에 긍정과 희망, 그리고 사랑이라는 빛을 담고 있는 것이 느껴집니다.

자신이 건강할 때나 아플 때나 항상 곁에 있어 준 남편을 '일상에 놓인 나침반'으로 표현하며 '물 한 잔에 자상한 사람이라 온통 마음 빼앗기는 것'이라는 문장으로 사랑의 본질을 파고드는 시선은 일견 평범한 듯하면서도 우리가 간과하기 쉬운 일상의 진리를 포착하고 있습니다.

이렇게 인생의 경험으로 직접 일구어 낸 믿음과 소망, 사랑의 토양에서 자라난 시의 꽃이 이 책을 읽는 많은 이들의 마음속에 잔잔한 향기를 남길 수 있기를 희망합니다!

이것이 진정한 서비스다

이경숙 | 값 20,000원

직무를 막론하고 '서비스 정신'이 '필수 요소'로 불리는 지금 이 시대, 버스, 택시 운전기사들에게 요구되는 서비스 정신에 대해서 자세히 다루고 있는 책이다. 버스, 택시 운전승무원들의 자존감을 높여 주는 한편 친절한 서비스 정신은 정확히 무엇이며, 어떻게 승객을 대해야 할지, 그리고 기사와 승객 모두가 행복해지는 win-win의 방법은 무엇인지 자세하게 망라하고 있는 것이 특징이다.

장기표의 행복정치론

장기표 지음 | 값 16,000원

2017년 발간된 『불안 없는 나라, 살맛나는 국민』의 개정판인 이 책은 전 인류의 문제를 해결하기 위해서 과거의 생산-소비적 관점을 과감히 포기하고 '자아실현'이라는 새로운 관점에서 인간의 행복을 정의해야 한다고 이야기한다. 특히 이윤 추구가 아닌 자아실현을 목표로 하는 시장경제와 그에 걸맞은 사회보장제도를 기반으로 하는 녹색사회민주주의를 주장하는 대목은 노동운동, 민주화운동의 선봉장 역할을 했던 저자의 경륜을 느낄 수 있다.

이승만의 나라 김일성의 나라

박요한 지음 | 값 25,000원

이 책 『이승만의 나라 김일성의 나라』는 이렇게 역동적이면서도 다양성이 강한 대한민국의 근현대사를 하나로 정리하기 위한 맥(脈)이자 구심점으로 대한민국의 초대 대통령, 우남 이승만 박사를 제시한다. 또한 저자 박요한 박사는 이승만 전 대통령을 중심으로 한 대한민국 근현대사 분석을 확장하여 현재 남한, 북한, 미국, 중국, 일본, 러시아 등을 둘러싸고 복잡다기하게 전개되고 있는 동아시아 외교 관계를 분석, 정리한다.

경찰을 말하다

박상융 지음 | 값 17,000원

우리가 미처 몰랐던 경찰 세계에 대한 방향을 제시해 주는 책인 동시에 한때 경찰이었던 저자가 통렬하게 느끼는 자기반성이 담겨있는 책이다. 사회정의 최전선을 지키는 일선 경찰들의 애환을 그들의 시선에서 보는 한편 '민중의 지팡이'가 민중에게 외면 받는 현실을 환기하고 개선을 촉구한다. 하지만 무엇보다 이 책이 소리 높여 말하고 있는 것은 현장을 지키는 경찰관들에게 가장 불합리한 경찰조직의 근본적 개혁이다.

아름다운 만남, 새벽을 깨우다

장만기 외 59인 지음 | 값 25,000원

이 책 '아름다운 만남, 새벽을 깨우다'는 한국인간개발연구원 창립 45주년을 맞아 연구원을 통해 새로운 인연을 맺고, 자신은 물론 뜻을 같이하는 사람들과의 연결과 발전을 경험한 60명 저자의 인생과 생각, 그리고 시대정신이 담긴 책이다. '인간개발연구원'이라는 이름 아래 모인 다양한 성별, 연령, 직업, 생각을 가진 사람들의 글을 통해 인간개발연구원이 지향하는 사회 비전과 선한 영향력을 한껏 느낄 수 있을 것이다.

조합의 건강이 농어촌의 미래다

정운진 지음 | 값 20,000원

본 도서는 농촌조합에서 근무한 경험을 바탕으로 저자가 느낀 조합의 폐단과 문제점을 생생하게 기록하면서 어떻게 하면 이를 개혁할 수 있을지 역설하고 있다. 잇따라 드러나고 있는 조합의 폐단에 대한 근본적 해결을 위해 전문경영인에게 실질적인 경영을 맡겨야 한다는 게 이 책의 핵심 주장이다. 또한 산재한 각종 단체의 통합과 조합의 농어촌 컨트롤 타워 기능 회복을 통해 농어촌의 발전 청사진을 제시하고 있다.

도서출판 행복에너지의 책을 읽은 후 후기글을 네이버 및 다음 블로그, 전국 유명 도서 서평란(교보문고, yes24, 인터파크, 알라딘 등)에 게재 후 내용을 도서출판 행복에너지 홈페이지 자유게시판에 올려 주시면 게재해 주신 분들께 행복에너지 신간 도서를 보내드립니다.

www.happybook.or.kr
(도서출판 행복에너지 홈페이지 게시판 공지 참조)

하루 5분 나를 바꾸는 긍정훈련
행복에너지

**'긍정훈련'당신의 삶을
행복으로 인도할
최고의, 최후의'멘토'**

'행복에너지
권선복 대표이사'가 전하는
행복과 긍정의 에너지,
그 삶의 이야기!

✿인터파크
자기계발 분야 주간
베스트 1위

권선복 지음 | 15,000원

권선복

도서출판 행복에너지 대표
지에스데이타(주) 대표이사
대통령직속 지역발전위원회
문화복지 전문위원
새마을문고 서울시 강서구 회장
전) 팔팔컴퓨터 전산학원장
전) 강서구의회(도시건설위원장)
아주대학교 공공정책대학원 졸업
충남 논산 출생

책 『하루 5분, 나를 바꾸는 긍정훈련 - 행복에너지』는 '긍정훈련' 과정을 통해 삶을 업그레이드하고 행복을 찾아 나설 것을 독자에게 독려한다.

긍정훈련 과정은 [예행연습] [워밍업] [실전] [강화] [숨고르기] [마무리] 등 총 6단계로 나뉘어 각 단계별 사례를 바탕으로 독자 스스로가 느끼고 배운 것을 직접 실천할 수 있게 하는 데 그 목적을 두고 있다.

그동안 우리가 숱하게 '긍정하는 방법'에 대해 배워왔으면서도 정작 삶에 적용시키지 못했던 것은, 머리로만 이해하고 실천으로는 옮기지 않았기 때문이다. 이제 삶을 행복하고 아름답게 가꿀 긍정과의 여정, 그 시작을 책과 함께해 보자.

『하루 5분, 나를 바꾸는 긍정훈련 - 행복에너지』